D1106447

Para mi mujer y mi hijo, con amor.

Provença, 101 - 08029 Barcelona
info@editorialjuventud.es
www.editorialjuventud.es

Primera edición, 2011
Depósito legal: B. 1.181-2011
ISBN 978-84-261-3822-4
Núm. de edición de E. J.: 12.321
Printed in Spain
Anman, Gràfiques del Vallès, Llobateres, 16
Barberà del Vallès (Barcelona)

Miguel Ángel Cuesta

historia de un ÁRBOL

EJ
editorial juventud
Barcelona

Esta es la historia...

de un árbol que vivía en un bosque.

Al árbol le encantaba sentir el
sol todas las mañanas.

Y tanto de día

como de noche,

tanto en primavera

como en invierno,

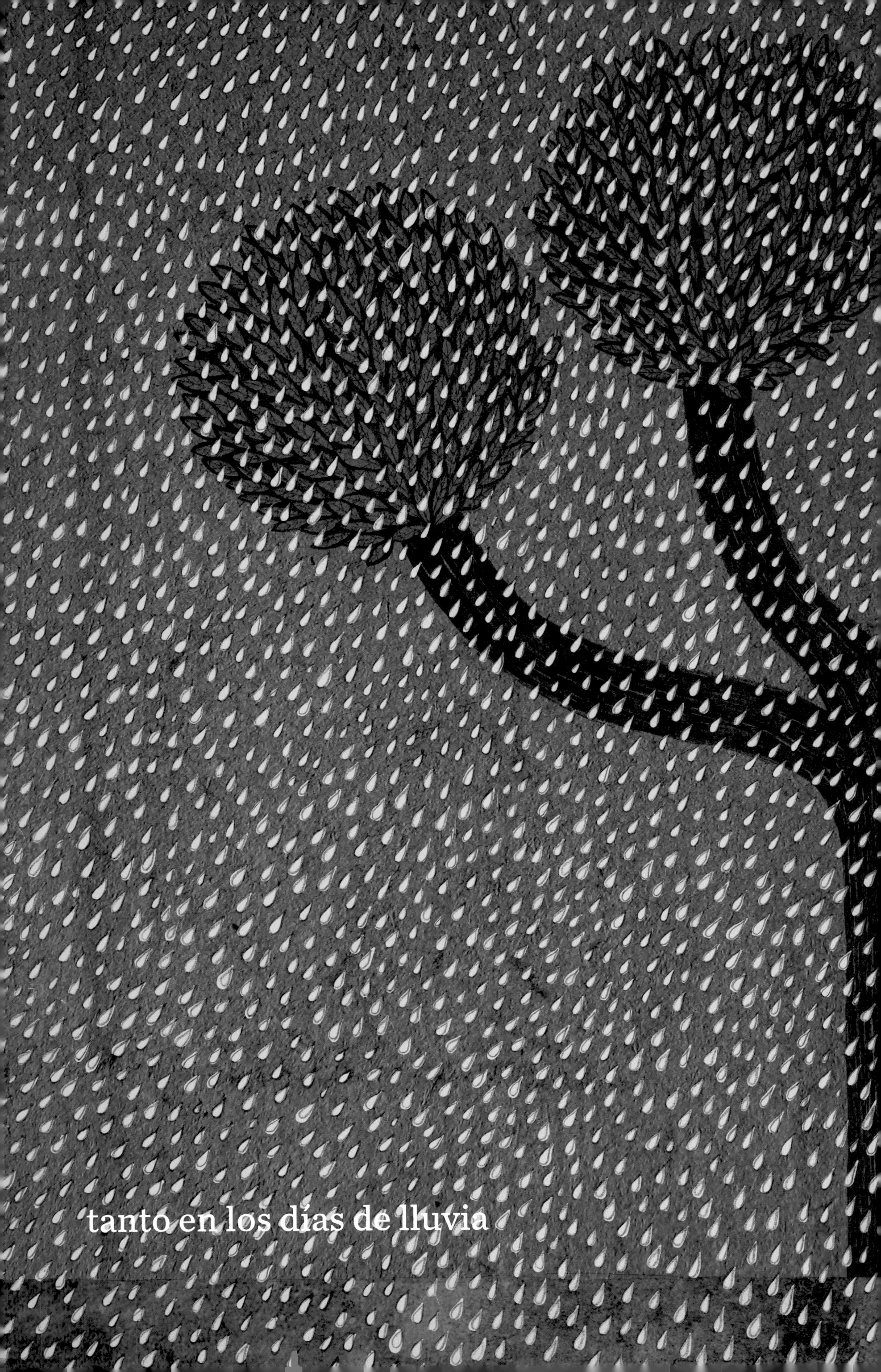

tanto en los días de lluvia

como en los días de niebla...

¡el árbol siempre estaba acompañado!

Pero un día todo cambió:

el árbol se quedó solo.

Y dejó de sentir el sol calentando sus hojas.

Aunque añoraba el bosque...

pronto notó que tenía
nuevos amigos,

y al oscurecer también tenía compañía.

Cuando ya empezaba
a sentirse parte de una
nueva familia...

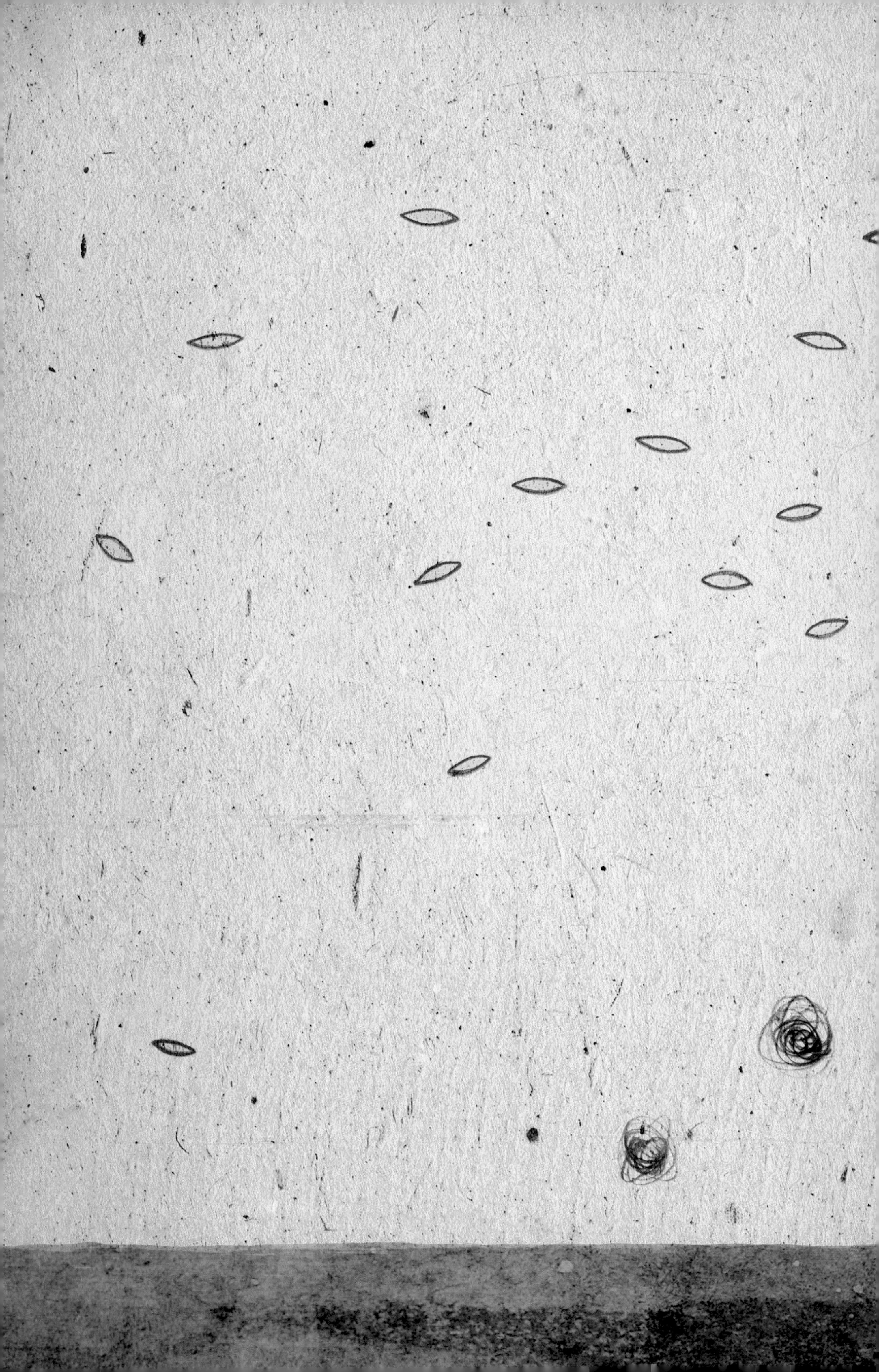

fue convertido
en un gran armario.

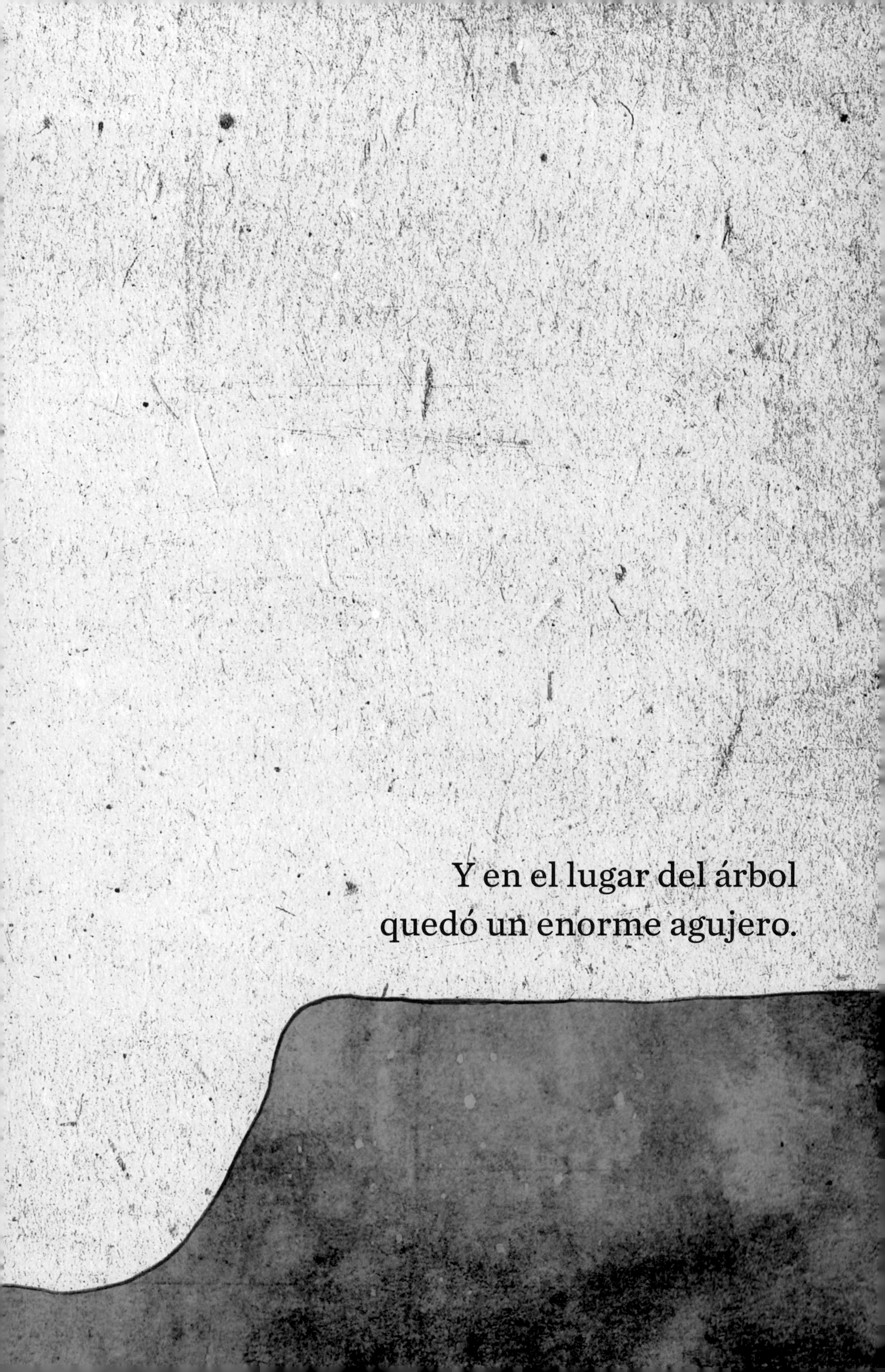

Y en el lugar del árbol
quedó un enorme agujero.

Y podía parecer que
a nadie le importaba,

que nadie se acordaba de él.

Y quizás así lo parecía...

O quizás no.

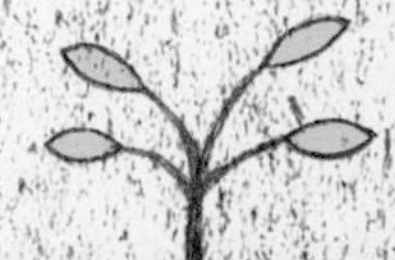